푸바오, 매일매일 행복해

푸바오, 매일매일 행복해

초판 1쇄 발행일 2023년 9월 20일
초판 2쇄 발행일 2024년 2월 1일

글·사진 에버랜드 동물원
발행인 윤호권, 조윤성
사업총괄 정유한
편집 권하영 **디자인** 최희영 **마케팅** 김희연
발행처 ㈜시공사 **주소** 서울시 성동구 상원1길 22, 7-8층 (우편번호 04779)
대표전화 02-3486-6877 **팩스(주문)** 02-585-1247
홈페이지 www.sigongsa.com / www.sigongjunior.com

글·사진 ⓒ 에버랜드 동물원, 2023

ISBN 979-11-7125-170-4 03810

*시공사는 시공간을 넘는 무한한 콘텐츠 세상을 만듭니다.
*시공사는 더 나은 내일을 함께 만들 여러분의 소중한 의견을 기다립니다.
*잘못 만들어진 책은 구입하신 곳에서 바꾸어 드립니다.

WEPUB 원스톱 출판 투고 플랫폼 '위펍' _wepub.kr
위펍은 다양한 콘텐츠 발굴과 확장의 기회를 높여주는
시공사의 출판IP 투고·매칭 플랫폼입니다.

KC마크는 이 제품이 공통안전기준에 적합하였음을 의미합니다.
제조국 : 대한민국   사용 연령 : 8세 이상
책장에 손이 베이지 않게, 모서리에 다치지 않게 주의하세요.

장난꾸러기 푸바오의
일상 포토 에세이

푸바오, 매일매일 행복해

에버랜드 동물원 글·사진

시공주니어

아기 판다가 태어났어요!

° 탄생 °

2020년 7월 20일, 아이바오(우)와
러바오(송) 사이에서 아기 판다가 태어났어요.

° 18일 °

태어난 지 18일 만에 눈을 뜨면서
세계에서 가장 빨리 눈을 뜬 판다가 되었어요.

° 3개월 °

아장아장 걸음마를 시작한 아기 판다는 엄마와
할부지의 보살핌을 받으며 폭풍 성장했어요.

° 4개월 °

엄마를 따라 처음
바깥세상으로 나왔어요.

혼자 나무 타기도
할 수 있을 만큼 쑥쑥 자랐어요!

흙에서 노는 게
제일 좋은 장난꾸러기가 되었어요.

엄마가 먹는 대나무에
관심을 갖기 시작했어요.

∘ ∘ ∘

장난꾸러기 푸바오에게
또 어떤 일들이 있었을까요?

차례

Part 1

행복이 너를 기다리고 있어

Part 2

작은 일상들이 모여 행복이 될 거야

행복이 너를
기다리고 있어

너를 행복이라고 부를게

아기 판다가 태어난 지 100일째 되는 날에 이름이 생겼습니다.

이름은 '행복을 주는 보물'이라는 뜻의 푸바오. 사랑스러운 보물 아이바오, 즐거움을 주는 보물 러바오에 이어 또 하나의 보물이 선물처럼 찾아왔습니다.

푸바오가 태어나던 순간부터 모든 일상이 행복으로 가득했습니다. 그래서 푸바오의 삶도 행복으로 채워 주겠다고 다짐했지요. 푸바오를 품에 안고 바깥에 처음 나갔을 때, 그 모습을 지켜보던 사람들의 감격스러운 눈동자를 아직도 기억합니다. 사람들은 아기 천사 같은 푸바오가 놀랄까 봐 숨소리조차 크게 내지 못했지요. 하지만 제 귀에는 기쁨의 탄성과 함성이 들리는 듯했습니다. 푸바오를 처음 만났을 때 저 역시 그런 감격을 맛보았으니까요.

푸바오! 언제나 행복하렴, 나의 보물!

생일 축하해, 푸바오!

푸바오가 첫 번째 생일을 맞이했습니다.

365일 동안 푸바오가 아프거나 다칠까 봐 걱정했던 날들이 떠오릅니다. 그 마음을 알기라도 하듯 푸바오는 건강하게 잘 자라 주었어요. 이만큼 멋지게 자라 준 푸바오가 너무나 대견합니다.

돌잡이 때, 푸바오는 커다란 워토우*를 덥석 끌어안았습니다. 돌상 위에 차려진 음식 중에서 워토우는 푸바오의 이름처럼 '행복'을 상징했지요.

그동안 푸바오를 보며 마음의 위안을 얻은 모든 분들이 한마음으로 푸바오의 생일을 축하해 주었어요. 푸바오는 충분히 축하받을 만합니다. 그토록 많은 사람들에게 행복을 안겨 주었으니까요.

푸바오, 앞으로도 예쁘고 건강하게 자라다오!

* 워토우: 동물원에서 판다를 위해 개발한 영양빵.

푸바오의 행복한 생일날

푸바오의 돌잡이 음식들 — 대나무(장수), 당근(건강), 워토우(행복), 사과(인기)

엄마 말 좀 들어 볼래?

제가 아이바오라면 푸바오에게 이렇게 말할 것 같아요.

"푸바오! 제발 할부지 말씀 좀 잘 들어. 곧 두 살이 될 텐데 이제 혼자 할 수 있는 일은 스스로 해야 하지 않겠니? 그리고 엄마가 가르쳐 준 나무 타기도 열심히 연습하고! 몸은 항상 깨끗이 해야 진정한 어른 판다가 될 수 있어."

하지만 푸바오는 엄마 속도 모르고 여전히 아기처럼 장난치고 떼를 씁니다.

제발 엄마랑 할부지 말 좀 들어라, 이 장난꾸러기야!

70kg의 어리광쟁이

두 살이 된 푸바오의 몸무게가 70kg 가까이 되었습니다.

푸바오가 197g으로 태어났다는 사실을 잊을 때가 있습니다. 두 손 위에 넉넉히 올라가던 작디작은 아기 판다가 어느덧 70kg이라니요? 이 제는 할부지도 엄마도 푸바오를 감당하기 어렵습니다. 그래도 여전히 푸바오의 장난기와 귀여움은 할부지의 심장을 요동치게 만들지요.

푸바오에게 꼭 한 가지 부탁하고 싶은 게 있어요.

푸바오! 이제 좀 스스로 퇴근하면 안 되겠니? 퇴근 때마다 너와 치 르는 전쟁이 만만치 않다.

훌쩍 큰 푸바오가 아기처럼 매달리는 모습이 귀엽긴 하지만요!

어리광 부리고 싶을 때 이 할부지를 찾으렴.

꼭 안아 줄게!

곳곳에 밴 엄마의 사랑

어느덧 푸바오가 엄마로부터 독립할 때가 되었습니다. 독립 훈련을 하는 동안 아이바오와 푸바오는 처음으로 떨어져 지내야 했지요. 둘은 틈만 나면 서로를 찾고 그리워했습니다.

비록 몸은 떨어져 있었지만 푸바오의 가슴에도, 발가락과 손가락 마디에도 엄마와 함께한 기억들이 고스란히 배어 있습니다.

푸바오가 아이바오라는 멋진 엄마를 만난 건 정말 행운이에요. 언젠가 푸바오도 엄마가 된다면 아이바오에게 받았던 사랑과 마음을 조금 더 깊이 이해하고 떠올려 볼 수 있을 겁니다.

푸바오! 사랑해, 사랑해, 사랑해.

푸바오의 독립 훈련

항상 곁에 있을게

푸바오가 할부지에게서도 독립할 때가 되었습니다. 홀로 세상과 마주할 푸바오가 걱정되어 격려해 주는데, 푸바오가 갑자기 할부지 어깨에 손을 척 올렸어요. 마치 "할부지, 아무 걱정하지 마세요! 저는 잘할 수 있어요."라고 말하는 것 같았습니다.

그 순간 푸바오를 걱정하던 마음이 눈 녹듯 사라졌습니다. 오히려 "할부지가 더 걱정이에요. 할부지도 잘할 수 있지요?"하며 저를 위로해 주는 것 같았지요.

푸바오는 잘 해낼 겁니다. 훌륭한 엄마에게서 이미 세상 살아가는 방법들을 모두 배웠으니까요.

조금 멀리 있어도 할부지가 늘 지켜 줄 거야!

독립 전 할부지와의 시간

너의 모든 날이 행복으로 가득하길

　　푸바오의 1000일을 축하하며 리시안셔스 꽃으로 장식한 대나무 케이크를 만들었습니다. 리시안셔스의 꽃말이 무엇인지 아시나요? 바로 '변치 않는 사랑'입니다. 푸바오를 영원히 사랑하겠다는 이 할부지의 마음을 담았지요.

　　수많은 팬레터와 댓글 들을 보다 보면 푸바오가 얼마나 큰 사랑을 받고 있는지를 실감합니다. 또한 푸바오가 누군가에게 행복과 사랑을 줄 수 있는 아이라는 것이 대견하고 뿌듯하지요.

　　푸바오, 우리에게 행복을 선물해 줘서 고마워!

너만을 위한 하루

　세 살이 된 푸바오가 할부지도 엄마도 없이 의젓하게 혼자 생일상을 받았습니다. 훌쩍 자란 푸바오는 호기심도 많고 적응력도 뛰어나서 새로운 환경에 빠르게 적응했지요.

　앞으로도 푸바오는 무엇이든 혼자서 잘 해낼 거예요. 엄마가 가르쳐 주었던 것들을 잊지 않고 하나하나 다 기억하고 있으니까요. 늘 곁에서 지켜보는 할부지의 정성과 사랑도 느끼고 있겠지요?

　세 살 생일을 맞아, 아빠를 닮은 딸 푸바오가 훗날 아빠처럼 씩씩한 남자 친구를 만나기를 바라 봅니다. 아빠는 편식하는 것만 빼면 정말 멋진 판다니까요.

　멋진 아빠와 좋은 엄마를 만나 바른 판다로 잘 크고 있는 푸바오가 네 살, 다섯 살, 열 살 때에도 지금처럼 건강하게 자라면 좋겠습니다.

　넌 혼자가 아니야. 모두 너를 응원하고 있어!

장난꾸러기 푸바오의
행복한 하루 만들기

할부지가 해 주는 안마받기

아침마다 풀 냄새 맡기

나무 꼭대기에 올라가서 바람 샤워하기

대나무 먹으면서 피리 불기

아빠처럼 누워서 편하게 밥 먹기

시원한 당근 맛있게 먹기

할부지에게 나무 타기 실력 뽐내고 칭찬받기

나무 위에서 워토우 맛 음미하기

놀이터에 놀러 온 비둘기 놀라게 하기

제때 퇴근 안 하고 엄마 나무에서 버티기

Part 2

작은 일상들이 모여
행복이 될 거야

대나무 맛이 어때?

엄마를 따라 바깥세상으로 처음 나갔을 때 푸바오는 처음 보는 나무와 향긋한 풀 내음, 발바닥에 전해지는 흙의 감촉, 바람을 따라 인사하던 공기와 재잘거리는 새소리도 마냥 신기해했습니다.

그리고 얼마 후부터 드디어 대나무를 먹기 시작했지요. 그동안 엄마의 행동을 따라 하며 조금씩 느껴 본 대나무의 향과 맛, 감촉 들을 이제야 제대로 맛보게 되었습니다. 푸바오가 대나무를 맛있게 먹는 모습뿐 아니라 대나무를 먹고 눈 푸른 고구마 응가까지 제 눈에는 모두 에쁘게만 보입니다.

탄생부터 성장, 임신과 출산까지 모든 과정이 힘들고 조마조마한 판다의 삶 중에서 대나무를 먹고 소화시킬 수 있을 정도가 되었다는 것은 비로소 완전한 성장을 이루었다는 것을 뜻합니다. 대나무를 먹게 되었다니, 푸바오가 어른이 되어 간다는 게 실감이 나는 동시에 마음이 한결 편해졌습니다. 무사히 유년기를 보냈다는 안도감과 아기 판다를 이만큼 잘 키워 냈다는 뿌듯함 때문입니다. 할부지의 이런 마음을 푸바오는 알고 있을까요?

잘 먹고 잘 자라 줘서 고마워.
네 덕분에 할부지는 마음의 평화를 얻었다!

귀여운 너

푸바오, 도대체 너의 귀여움의 끝은 어디니?

매시간이, 매일매일이, 매 계절이 귀엽고 예쁘기만 합니다. 엄마 아빠의 예쁘고 좋은 모습만 모아 놓아 사랑스럽기 그지없지요. 흙 위를 뒹굴어 점점 흙색 곰이 되어 가는 푸바오를 보면 가끔씩 아기 판다 시절의 하얗고 뽀송뽀송한 모습이 그리워지기도 하지만요.

판다의 일생에 비추어 보면 푸바오는 곧 어른이 됩니다. 봄의 꽃, 여름의 녹음, 가을의 낙엽과 겨울의 눈까지 사계절을 돌아 내면서 그동안 조금씩 어른이 될 준비를 해 왔지요.

엄마 젖을 먹던 아기가 이제는 당근과 사과, 워토우까지 먹으며 할부지도 당해 내지 못할 힘을 지니게 되었습니다. 앞으로는 온몸으로 세상과 부딪치며 살아가야 하겠지요. 그런데도 아직까지 엉덩이를 씰룩대며 뒤뚱뒤뚱 달려오는 푸바오의 모습을 보면 마냥 귀여워 웃음이 나옵니다.

할부지 눈에는 아직도 귀염 뿜뿜 아기 판다 같은걸!

한 걸음씩 나가다 보면

푸바오에게 플레이봉을 만들어 주었습니다. 판다는 원래 나무를 잘 오르고 그 위에서 편안하게 휴식을 취하는데, 푸바오가 판다의 습성을 잘 유지하길 바라는 할부지의 선물입니다.

처음에는 높이 오르기를 두려워했지만 매일 조금씩 연습하다 보니 푸바오가 어느새 플레이봉 위를 자유자재로 오가더군요. 장난기 많은 할부지가 플레이봉 중간에 꽂아 둔 대나무도 무사히 찾아 먹을 정도로요. 그 덕에 푸바오는 나무 타기 선수가 되었습니다.

처음부터 완벽할 수는 없지만, 지금처럼 한 걸음 한 걸음 될 때까지 하다 보면 무슨 일이든 잘하게 되겠지요? 나무 타기도 두려워하지 않는 걸 보니 앞으로 어려운 일이 닥치더라도 푸바오가 멋지게 해결할 수 있을 거란 믿음이 생깁니다.

우리 조금씩 더 앞으로 나아가 보자꾸나.

푸바오의 플레이봉 적응기

골고루 골고루

푸바오는 어릴 때 엄마를 잘 보고 배운 덕분에 대나무와 죽순은 물론 사과, 당근, 워토우까지 어떤 음식이든 가리지 않고 잘 먹습니다. 잘 먹는 푸바오를 보면 그렇게 기특하고 예쁠 수가 없어요. 아빠의 편식하는 습관을 따라 하지 않는 것이 정말 다행입니다. 골고루 먹는 식습관 덕분에 푸바오는 아주 건강한 판다가 되었습니다.

푸바오처럼 가리지 않고 이것저것 잘 먹는 판다라면 어디에서도 건강하고 씩씩하게 살아갈 수 있겠지요? 골고루 잘 먹는 것과 건강한 생활이 아주 관계가 깊다는 걸 아마 푸바오도 알고 있는 것 같습니다.

귀엽고 예쁜데 잘 먹기까지 하다니, 푸바오는 정말 착한 판다야!

사춘기 푸바오의 하루

푸바오는 할부지가 항상 자신을 보고 있다는 걸 알고 있습니다. 그래서 가끔 예상치 못한 행동들을 할 때가 있어요. 배가 고프거나 기분이 언짢으면 먼저 바닥으로 내려와 빠른 걸음으로 걷습니다. 그다음엔 살짝 뛰어 보기도 하고요. 이 정도만 되어도 할부지는 푸바오가 원하는 게 있다는 걸 눈치채고 다가갑니다. 이럴 땐 꼭 푸바오가 사춘기 아이 같아요.

만약 할부지가 나타나지 않으면 푸바오는 데굴데굴 구르기를 하며 할부지가 심어 놓은 유채꽃이나 남천나무를 거세게 흔듭니다. 대개는 이쯤에서 할부지가 백기를 들지만, 가끔 할부지도 푸바오의 심통을 받아 줄 수 없을 때가 있습니다. 그러면 또 푸바오는 울타리 밖의 죽순이나 대나무에 손을 대기 시작하지요.

오늘은 푸바오가 백기를 들 때까지 세게 나가 보았습니다. 과연 밀당의 승자는 누구였을까요?

푸바오, 할부지가 좋아하는 나무만큼은 손대지 말아 줘….

푸바오의 죽순 서리

푸바오가 화를 가라앉히는 법

푸바오도 화를 냅니다. 어릴 때는 할부지가 엄마에게만 맛난 음식을 챙겨 주는 것처럼 보일 때 화를 냈어요. 그래서 엄마 몫의 워토우나 당근을 푸바오가 몰래 먹어 버릴 때도 있었습니다. 그러다 엄마에게 들켜서 입 안의 당근까지 모조리 빼앗겨 버리곤 했지요. 그 모습을 볼 때마다 깔깔 웃음을 터뜨렸습니다.

어른이 된 푸바오는 화가 나면 눈빛이 달라지고 이리저리 뛰어다니며 거친 행동을 합니다. 그렇게 한참을 뛰면 화가 풀리는지 어느새 귀여운 눈망울을 하고 다시 대나무가 있는 쪽으로 돌아오지요.

시간이 지나면 할부지가 너를 위해 그랬다는 걸
알게 될 거야.

놀기 대장 푸바오

장난꾸러기 푸바오는 퇴근할 시간이 되어도 노는 데 한창입니다. 정말 하루 종일 쉬지 않고 놀지요. 그렇게 신나게 놀다가도 한 번씩 쉬어야 한다는 걸 아직 모르는 것 같아요. 잘 쉬어야 키도 쑥쑥 크고 마음도 단단해질 텐데 말이에요.

푸바오, 가장 행복할 때 멈출 줄도 알아야 해.

퇴근이 싫은 푸바오

행복의 조각들

열심히 나무를 심고 가꾸는 것은 푸바오의 행복을 위해서입니다. 나무는 판다에게 위험으로부터 피할 수 있는 자리를 내어 주고, 더울 때 쉴 수 있는 그늘도 되어 주니까요.

이런 이유 때문에 숲과 나무를 사랑하는 판다가 되어 달라고 몇 번이나 말했는데… 푸바오는 아무래도 잊어버렸나 봅니다. 오늘도 데굴데굴 구르며 나무를 깔아뭉개고, 가지를 꺾으며 장난을 쳤으니까요.

푸바오, 하루하루를 재미있게 살아야 판생이 행복해져.
재미난 순간들이 모여 하루가 되고,
그 하루들이 모여 평생의 행복이 될 테니까.

넌 영원한 나의 아기 판다야

푸바오는 이제 완연한 어른 판다가 되었지만 호기심 많은 아기 판다 푸바오의 모습은 오래도록 할부지의 마음에 남아 있을 것 같습니다. 꼬무락거리는 젤리 같은 발바닥, 엄마 젖을 먹고 볼록 나온 빵빵한 배, 핑크빛의 예쁜 코, 할부지를 쫓아 달려올 때의 우스꽝스러운 몸짓… 푸바오의 모든 것이 여전히 소중하고 사랑스럽습니다.

행복을 주는 보물이란 이름처럼 그동안 푸바오와 함께하는 모든 날들이 행복으로 가득했습니다. 앞으로 푸바오가 누구를 만나고 어디에 가든지 행복하게 잘 지낼 거라 믿습니다.

푸바오, 넌 할부지의 영원한 아기 판다야!
사랑해, 그리고 고마워!

에버랜드 동물원은 중국야생동물보호협회,
중국 자이언트판다 보호연구센터와 함께
자이언트판다의 보호 및 보전에 노력하고 있습니다.